Vinte mil léguas submarinas

Júlio Verne

adaptação de Edson Rocha Braga
ilustrações de Elisabeth Teixeira

editora scipione

Gerência editorial
Sâmia Rios

Responsabilidade editorial
Mauro Aristides

Edição de texto
José Paulo Brait

Roteiro de trabalho
Rose Sarteschi

Revisão
Claudia Virgilio,
Viviane Teixeira Mendes e
Nair Hitomi Kayo

Coordenação de arte
Maria do Céu Pires Passuello

Programação visual de capa e miolo
Aída Cassiano

Diagramação
Raquel B. R. Joia

editora scipione

Avenida das Nações Unidas, 7221
CEP 05425-902 – São Paulo – SP

ATENDIMENTO AO CLIENTE
Tel.: 4003-3061

www.scipione.com.br
e-mail: atendimento@scipione.com.br

2017

ISBN 978-85-262-5139-7 – AL
ISBN 978-85-262-5140-3 – PR

Cód. do livro CL: 735067

CAE: 221131 AL

1.ª EDIÇÃO
12.ª impressão

Impressão e acabamento
Bartira

Traduzido e adaptado de *Vingt mille lieues sous les mers*, de Júlio Verne. Paris: Le Livre du Poche, 2001.

• ● •

Ao comprar um livro, você remunera e reconhece o trabalho do autor e de muitos outros profissionais envolvidos na produção e comercialização das obras: editores, revisores, diagramadores, ilustradores, gráficos, divulgadores, distribuidores, livreiros, entre outros.

Ajude-nos a combater a cópia ilegal! Ela gera desemprego, prejudica a difusão da cultura e encarece os livros que você compra.

• ● •

Dados Internacionais de Catalogação na Publicação (CIP)
(Câmara Brasileira do Livro, SP, Brasil)

Braga, Edson Rocha

   Vinte mil léguas submarinas / Júlio Verne; adaptação de Edson Rocha Braga; ilustrações de Elisabeth Teixeira. – São Paulo: Scipione, 2003.
(Série Reencontro Infantil)

   1. Literatura infantojuvenil   I. Verne, Jules, 1828-1905. II. Teixeira, Elisabeth. III. Título. IV. Série.

03-6316   CDD-028.5

Índices para catálogo sistemático:
1. Literatura infantil   028.5
2. Literatura infantojuvenil   028.5

Sumário

Mistério nos mares 5

Começa a caçada 7

Nos mares da China 9

O gigante de aço 13

Prisioneiros 17

O capitão Nemo 19

A bordo do Nautilus 22

O Túnel Arábico 25

O tesouro de Vigo 27

A Atlântida 30

O mundo gelado 33

Uma bandeira no polo sul 35

O ataque dos polvos 38

Combate naval 41

O rodamoinho da morte 44

Conclusão 46

Quem foi Júlio Verne 48

Quem é Edson Rocha Braga 48

Mistério nos mares

Em 1866, os mares foram invadidos por algo que parecia sobrenatural. Talvez um animal ou um objeto gigantesco, maior e mais rápido que uma baleia. Navegava sob a superfície e à noite desprendia forte luminosidade.

Os primeiros registros do fenômeno ocorreram no oceano Pacífico. Depois, no Atlântico, do outro lado do mundo. O assunto tomou conta do noticiário dos jornais. As opiniões se dividiam. Uns acreditavam na veracidade dos relatos. Outros diziam que tudo resultava da imaginação dos navegantes ou dos jornalistas.

No começo do ano seguinte, ocorreu um incidente mais sério. O monstro abalroou um transatlântico que ia do Canadá para a Inglaterra. Com um furo no casco, o navio só não afundou porque era dividido em compartimentos estanques. Embora bastante inclinado, conseguiu terminar a viagem.

Os engenheiros que examinaram os estragos mal acreditaram no que viram. Havia no casco um rombo enorme, provocado por um instrumento de impressionante dureza e movido por uma força poderosa.

Nessa época, eu estava em Nova York. Tinha participado de uma expedição científica no interior dos Estados Unidos e aguardava a data de partida do navio que me levaria de volta ao meu país, a França.

Desde o início, acompanhei com interesse os misteriosos acontecimentos no mar. Sou professor de história natural e escrevi um livro sobre os seres que vivem nas profundezas dos oceanos. Por isso, um importante jornal de Nova York pediu minha opinião sobre o assunto.

Escrevi um artigo, no qual afirmava que o misterioso objeto só podia ser um narval gigantesco. O narval é um tipo de golfinho que desenvolveu na ponta do nariz uma espécie de espada de marfim. É seu dente principal, com a dureza do aço.

O narval comum, ou "unicórnio do mar", chega a dezoito metros de comprimento. As condições especiais nas grandes profundidades teriam favorecido seu desenvolvimento, até um tamanho cinco ou seis vezes maior.

Meu artigo foi bastante discutido. Muitos discordaram. A maioria, porém, admitiu a possibilidade da existência de um ser monstruoso a ameaçar a navegação nos mares. Não tardou a surgir um clamor popular para que os governos tomassem uma providência.

Os Estados Unidos foram o primeiro país a manifestar-se. Realizaram-se em Nova York os preparativos para uma expedição de perseguição ao narval. Destinou-se para isso um navio de grande velocidade, o Abraham-Lincoln, que foi equipado com pesado armamento.

Exatamente aí, o monstro parou de aparecer. Por mais de dois meses, nenhum navegante o avistou. Era como se o "unicórnio" soubesse dos planos contra ele. Alguns debochados chegaram a dizer que o animal tinha interceptado o cabo submarino de telégrafo e surpreendido um telegrama que o alertou sobre a caçada.

Assim, o navio de busca estava armado, mas ninguém sabia para onde ir. Por fim, a criatura foi vista de novo. Desta vez, nos mares da China.

Começa a caçada

Eu estava ainda no meu hotel em Nova York quando recebi uma carta da Marinha dos Estados Unidos. Convidava-me para acompanhar a expedição do Abraham-Lincoln.

– Conselho! – chamei.

Conselho era meu criado, um rapaz dedicado que me acompanhava em todas as viagens de pesquisa. Estava no outro cômodo de minha suíte no hotel e não tardou a atender:

– Sim, professor Aronnax?

– Prepare nossas malas. Vamos embarcar hoje mesmo.

Ele ficou surpreso.

– Mas o navio para a França só parte depois de amanhã...

– Não vamos mais para a França. Vamos caçar nosso narval.

Em menos de duas horas, estávamos no cais do porto. O Abraham-Lincoln vomitava torrentes de fumo negro pelas suas duas chaminés. Fomos recebidos por um oficial de aspecto simpático.

– Bem-vindos a bordo, senhores – disse ele, estendendo-nos a mão. – Sou o comandante Farragut.

O comandante mandou que um marinheiro nos encaminhasse aos alojamentos. Ajeitamos nossos pertences às pressas e subimos ao convés para assistir à partida.

Foi um acontecimento inesquecível. O cais estava apinhado de curiosos. Quando o comandante fez soar o apito, fomos saudados pela multidão com três gritos:

– Hurra! Hurra! Hurra!

Milhares de lenços agitaram-se no ar, em despedida. Enquanto se afastava, o Abraham-Lincoln respondeu arriando e içando três vezes a bandeira norte-americana. Um cortejo de dezenas de barcos de vários tipos acompanhou-nos até a saída do porto. Ali, fizeram soar ao mesmo tempo seus sinos e apitos, em uma saudação final aos heróis que se aventuravam ao encontro com o monstro desconhecido.

O Abraham-Lincoln tinha sido muito bem escolhido para a missão. Era um navio que combinava a energia do vento, captada em grandes velas, com a potência de suas caldeiras de vapor, que moviam as hélices. Estava bem preparado para o encontro com o monstro. Levava todas as armadas conhecidas, de arpões manuais a espingardas que atiravam flechas dentadas ou balas explosivas. No castelo da proa, estava instalado um moderno canhão capaz de disparar projéteis de até quatro quilos.

Além de tudo isso, ia também a bordo o rei dos arpoadores de baleias, Ned Land. Tratava-se de um canadense de incrível habilidade, que não tinha rival em sua arriscada profissão. Alto e forte, era tido como pouco comunicativo, às vezes até violento quando o contrariavam. Mesmo assim, nos tornamos logo bons amigos.

Nos mares da China

Durante um bom tempo, a viagem do Abraham-Lincoln transcorreu sem incidentes. Seguimos para o Atlântico sul, ao longo da costa da América do Sul. Contornamos o cabo Horn e entramos no oceano Pacífico.

A excitação a bordo aumentou. Os tripulantes não tiravam mais os olhos do mar. Quando alguém avistava ao longe uma mancha escura, o alvoroço era geral. O navio mudava o rumo e corria para o animal – sempre uma baleia comum, que logo desaparecia em meio a uma enxurrada de pragas gritadas pelos marujos.

Cruzamos o Pacífico e chegamos, por fim, aos mares da China, onde o monstro tinha sido avistado pela última vez.

Durante três meses, o Abraham-Lincoln sulcou aqueles mares, sem nenhum resultado. O desânimo abateu-se sobre a tripulação. Certo dia, o comandante Farragut anunciou:

– Vamos esperar mais três dias. Se ao fim desse prazo nada encontrarmos, retornaremos a Nova York.

Dois dias se passaram sem novidade. No início da última noite do prazo estipulado, navegávamos em mar calmo. Uma pesada nuvem encobria a lua em quarto crescente. Eu estava na proa, ao lado de Conselho. De repente, um grito cortou o silêncio. Reconheci a voz de Ned Land, que bradava:

– Lá está ele! Lá está ele!

Houve um tumulto geral no convés. Todos correram para o lado que Ned indicava.

– Parem as máquinas!

Desta vez, era a voz do comandante Farragut. Os motores silenciaram e o navio passou a balançar ao sabor das ondas. Meu coração batia com força. Juntei-me ao grupo que agora cercava Ned Land. Vimos logo o objeto que ele apontava. Na verdade, não vimos um objeto, mas uma luminosidade. O monstro projetava aquele clarão alguns metros abaixo da superfície.

O comandante ordenou que religassem as máquinas. O navio descreveu um semicírculo e afastou-se do ponto luminoso. Não por muito tempo. O monstro sobrenatural aproximou-se com velocidade redobrada. Já bem perto, a luz apagou-se de súbito. Pouco depois, reapareceu do outro lado do navio e passou a acompanhar-nos.

Continuamos a navegar na mesma velocidade. A luz permanecia ao nosso lado. Fiquei intrigado e fui até a cabina de comando. O rosto do comandante Farragut demonstrava espanto. Interpelei-o:

– Estamos fugindo, comandante? Mas... não viemos aqui para perseguir o monstro?

– Senhor Aronnax – respondeu-me –, não faço ideia do que temos aqui. Como vou atacar uma coisa que desconheço? E como vou defender-me, no meio dessa escuridão? Vamos esperar o dia nascer. Aí, as coisas vão mudar.

Por volta da meia-noite, a luz apagou-se. Duas horas depois, voltou a aparecer. Aos primeiros clarões da aurora, desapareceu de novo. O sol levantou-se no horizonte e nada mais se via no mar.

Às oito horas da manhã, uma névoa densa envolveu-nos. De repente, como na véspera, ouviu-se a voz de Ned Land:

– Lá vem ele de novo!

A cinco quilômetros do navio, um corpo escuro e comprido emergia um metro acima das águas. Sua cauda, agitada com violência, produzia um marulho nunca visto. Uma imensa esteira branca mostrava que o animal descrevia uma curva alongada. Em seguida, saíram-lhe dos respiradouros dois jatos de água e vapor, que atingiram uma altura de quarenta metros.

A tripulação aguardava com impaciência as ordens do comandante Farragut. Por fim, ele decidiu-se:

– Vamos atacar! Ponham as máquinas a toda a força!

A ordem foi acolhida com gritos de alegria. Estava na hora do esperado combate. O Abraham-Lincoln arremeteu direto sobre o animal. Este não mergulhou. Apenas mudou a rota e seguiu à nossa frente.

– Preparem o canhão de proa – ordenou o comandante. – Logo que a distância diminuir, disparem sobre esse maldito animal!

A peça de artilharia foi carregada e apontada. O tiro partiu e a bala passou a alguns metros acima do alvo. O canhão disparou novamente e, desta vez, a pontaria não falhou. O projétil bateu no dorso do animal... mas nada aconteceu. A bala resvalou e caiu no mar, alguns metros à frente.

Um murmúrio de perplexidade ecoou a bordo.

– Parece que o maldito está blindado com chapas de aço – comentou o artilheiro.

A perseguição prosseguiu durante todo o dia. O animal mantinha sempre a mesma distância à nossa frente, mesmo quando o navio desenvolvia sua velocidade máxima. Quando a noite chegou, ele sumiu.

Continuamos a navegar na mesma direção. Por volta das dez horas da noite, reapareceu no mar o clarão, a uns quinze quilômetros de distância. Parecia imóvel.

– Será que ele dormiu? – perguntou Conselho.

O comandante Farragut resolveu verificar. Ordenou que o navio avançasse com prudência, para não despertar o adversário. Ned Land permanecia em seu posto no bico da proa, com o arpão erguido.

O navio aproximou-se sem ruído. A cerca de vinte metros, Ned arremessou o arpão. Ouvi a pancada do ferro batendo em um corpo duro. A luz elétrica apagou-se e dois enormes jatos de água caíram sobre a embarcação. A torrente varreu o convés, derrubando as pessoas e arrebentando as amarras dos mastros. Houve um abalo terrível. Fui atirado por cima da amurada e caí no mar.

O gigante de aço

A queda levou-me a tal profundidade que só a muito custo consegui voltar à tona. Após recuperar o fôlego, procurei localizar o navio no meio da escuridão. Consegui ver suas luzes já a uma boa distância. Nadei naquela direção, gritando:

– Socorro! Socorro! Estou aqui!

A roupa encharcada atrapalhava-me os movimentos. Seu peso puxava-me para o fundo. A água salgada entrou por minha garganta. Tomado pelo pânico, debati-me desesperadamente para tentar manter-me à superfície.

De repente, alguém agarrou minha roupa pelas costas.

– Calma, professor. Segure-se em mim.

Era a voz do meu fiel ajudante.

– Conselho! É você? – disse eu, enquanto me agarrava ao seu braço.

– Sou eu, sim. Fique calmo.

– Também caiu no mar?

– Não exatamente. Vi o senhor caindo e acompanhei-o. Afinal, é esse o meu trabalho.

Parecia achar isso muito natural.

Nadamos durante bastante tempo. Em certo momento, a lua surgiu em uma brecha nas nuvens. Conseguimos divisar o navio, já bem distante.

– Aqui! Estamos aqui! – gritou Conselho.

Paramos de nadar e nos pusemos à escuta. Pareceu-me ouvir um grito de resposta.

– Você ouviu? – perguntei a Conselho.

– Sim, senhor. Também ouvi alguma coisa.

E voltamos a ouvir. Desta vez, não havia dúvida. Era uma voz humana.

– Olá! Olá! – ecoava.

Nadamos naquela direção. Eu já estava no fim das minhas forças. A água salgada enchia-me a boca e o frio paralisava-me. Quando estava quase para desistir, minha mão bateu em um corpo sólido. Tentei agarrar-me nele, sem sucesso. Comecei a ir para o fundo, quando senti que alguém me puxava para a superfície.

Creio que perdi os sentidos por algum tempo. Ao recuperar-me, senti-me deitado sobre algo sólido. Conselho estava ao meu lado. Atrás dele havia uma outra figura, que reconheci com surpresa.

– Ned! – exclamei.

– Em carne e osso, professor. Estou aqui esperando minha recompensa.

– Também caiu no mar?

– Sim, mas fui mais feliz do que vocês. Encontrei logo esta ilha flutuante.

– Um recife?

– Nosso gigantesco narval.

– Como assim? – perguntei.

– Agora já sei por que meu arpão não entrou na pele dele.

– Por quê?

– Porque o danado do monstro é feito de chapas de puro aço.

Essas últimas palavras do canadense causaram uma mudança repentina em meu cérebro. Levantei-me e bati com o pé sobre aquela coisa que nos servia de refúgio. Era mesmo um corpo duro, impenetrável, e não a substância mole de um animal marinho.

Não havia dúvida. O tal monstro tinha sido feito pela mão do homem. Estávamos em cima de uma espécie de navio submarino, que imitava a forma de um imenso peixe de aço. Tive de dar razão a Ned Land.

– Então – disse eu –, este aparelho é movido por algum mecanismo. Deve haver gente aí dentro para manobrar.

– Não há dúvida – concordou o arpoador. – Se bem que já estou há mais de uma hora sobre esta ilha flutuante e ela ainda não deu nenhum sinal de vida.

Naquele momento, ouvimos um ruído e vimos a água fervilhar em um dos extremos do aparelho. Era sem dúvida uma hélice posta em movimento. A embarcação pôs-se a andar de repente. Mal tivemos tempo de nos agarrar à parte superior, que ficou rente à superfície. Apenas nossas cabeças restaram fora d'água.

– Enquanto ele navegar assim, vai tudo bem – disse Ned. – Mas, se resolver mergulhar...

As nuvens voltaram a cobrir o lugar. Permanecemos na mesma situação, mas em completa escuridão até começar a amanhecer.

Pelas cinco horas da manhã, o aparelho aumentou a velocidade, a tal ponto que as ondas nos batiam em cheio. Por sorte, encontramos uma alça de ferro, à qual nos agarramos com firmeza.

O sol emergiu no horizonte. Nossas forças estavam no fim. Ned resolveu manifestar-se:

– Alô! Vocês aí! – gritou ele, batendo com os pés no casco metálico. – Sejam mais hospitaleiros! Abram essa coisa!

Com o barulho da hélice e as pancadas das ondas, era difícil que alguém ouvisse. Seja como for, o aparelho subiu mais à superfície. De repente, sentimos o tinir de ferros dentro do submarino. Abriu-se uma chapa e apareceu um homem. Quando nos viu, deu um grito de surpresa e sumiu.

Momentos depois, saíram pela abertura oito homens robustos, com a cara coberta por lenços. Sem dizer nada, carregaram-nos para dentro de sua máquina colossal.

Prisioneiros

Fomos arrastados escada abaixo e atirados através de uma porta, que se fechou com estrondo. Estávamos trancados em um cômodo escuro. Algum tempo depois, nossa prisão iluminou-se de repente. Pela clareza e intensidade, tratava-se de uma luz produzida por eletricidade. Com certeza, a mesma fonte da luminosidade que tínhamos visto do navio.

A porta abriu-se e surgiram dois homens, que se detiveram à nossa frente. Sem nada dizer, ficaram a examinar-nos por um bom tempo. Vestiam roupas de um tecido de aparência leve, cuja natureza não consegui identificar. Usavam gorros de pele de lontra marinha e botas de pele de foca.

Não tive dúvidas de que o mais alto era o líder, na certa o comandante de bordo. Ele disse algo ao companheiro, em um idioma que não consegui identificar. O outro concordou com a cabeça, voltou-se para nós e proferiu duas ou três palavras incompreensíveis.

– Não compreendo – respondi-lhe, em meu próprio idioma.

Os dois apenas me fitaram. Conselho rompeu o silêncio:

– Conte-lhes o que nos aconteceu – disse-me ele. – Fale em francês mesmo, professor. Na certa eles entenderão alguma coisa.

Resolvi atender.

– Senhores, permita-me apresentar-nos. Sou o professor Pierre Aronnax. Este é meu criado Conselho e aquele é o mestre arpoador Ned Land.

Narrei-lhes a seguir nossas aventuras, sem omitir nenhum detalhe. O mais alto acompanhou minha narrativa com atenção, mas sua fisionomia não demonstrou que tivesse percebido minha história.

– Experimente você, Ned – disse eu.

Ned repetiu a mesma narração, mas em inglês. O resultado foi o mesmo.

– Vou tentar em alemão – disse Conselho.

E, nesse idioma, contou nossa história pela terceira vez. Quando terminou, os dois desconhecidos trocaram algumas palavras em sua língua incompreensível e se retiraram, sem mesmo um aceno de despedida.

Pouco depois, entrou um terceiro homem. Usava um uniforme típico dos camareiros e tinha nas mãos uma pilha de roupas. Tratei logo de me vestir, e meus amigos fizeram o mesmo. O homem saiu e voltou trazendo-nos uma refeição.

Depois de comermos à farta, bateu-nos um pesado sono. Deitamo-nos no tapete e em poucos minutos adormecemos.

O capitão Nemo

Fui o primeiro a acordar. Levantei-me e voltei a examinar nossa cela com atenção. Respirava com dificuldade. Percebi que o ar estava pesado. Lembrei-me de que navegávamos debaixo d'água. Era evidente que, no ambiente fechado, já havíamos consumido boa parte do oxigênio.

Nesse instante, fui refrescado por uma corrente de ar puro e de agradável odor salino. Era a brisa do mar! Abri bem a boca e respirei fundo. Ao mesmo tempo, senti um balanço. Aquele monstro de aço, na certa, acabava de subir à superfície.

Ned e Conselho acordaram. Conversamos sobre nossa situação, sem grandes conclusões. Por fim, a porta abriu-se e apareceu o camareiro.

Nesse momento aconteceu o inesperado. Ned Land lançou-se sobre o homem, agarrou-o pelo pescoço e atirou-o ao chão. Conselho avançou e tentou segurar Ned. Eu já me preparava para intervir também, quando ouvi estas palavras, ditas em bom francês:

– Sossegue, mestre Land. E o senhor, professor, tenha a bondade de ouvir-me.

Era o comandante. Encostado à borda da mesa, fitava-nos com calma, de braços cruzados. Ned largou sua vítima e levantou-se. Estava tão espantado quanto eu e Conselho.

O homem continuou, com voz tranquila, mas firme:

– Senhores, falo francês, inglês e alemão, além de outros idiomas. Podia ter-lhes respondido logo, mas precisava pensar melhor sobre o que fazer. Há muito tempo rompi todas as relações com a humanidade. De repente, os senhores aparecem para perturbar minha existência...

– Não foi de propósito – interrompi.

– Não foi? – objetou ele, erguendo um pouco a voz. – Então não foi de propósito que o Abraham-Lincoln andou perseguindo-me por todos os mares? Não foi de propósito que o senhor embarcou nele, professor Aronnax? E a bala de canhão que resvalou no casco do meu navio, também foi por acaso? Foi ainda sem querer que mestre Ned me atirou seu arpão?

Eu e meus amigos não sabíamos o que responder. Após uma pausa, o homem prosseguiu:

– Portanto, eu teria todo o direito de tratá-los como inimigos. Poderia colocá-los de volta onde os encontrei, em cima do meu navio, e seguir meu caminho... por baixo d'água. Em vez disso, decidi tratá-los como hóspedes.

– Obrigado, senhor – disse eu. – E quando poderemos voltar para casa?

– Os senhores permanecerão no meu navio, já que o destino os trouxe aqui.

– Então não somos hóspedes, mas prisioneiros! – protestou Ned, indignado.

– Aqui, a bordo, os senhores estão livres. Podem ir aonde desejarem, quando quiserem.

Foi minha vez de objetar:

– Teremos então de renunciar para sempre a voltar a ver nossa pátria, nossa família, nossos amigos?

– Exatamente – respondeu. – Os senhores invadiram meu segredo, um segredo que ninguém deveria penetrar. Não posso permitir que o revelem ao mundo. Nunca!

Nossa sentença estava bem clara: ele nos havia condenado à prisão perpétua a bordo daquela máquina infernal.

Pelo silêncio que se seguiu, ele tinha dado a conversa por encerrada.

– Uma última pergunta – disse eu. – Como devemos chamá-lo?

– Capitão Nemo – respondeu. – Agora, permita-me convidá-lo para almoçar comigo, senhor Aronnax.

A bordo do Nautilus

Acompanhei o capitão Nemo ao longo de um corredor. Outra porta abriu-se à nossa frente. Entramos em uma rica sala de jantar. A refeição já estava servida.

– Todos estes alimentos são retirados do mar – disse o capitão Nemo. – São bons e nutritivos. Há muito que renunciei aos produtos da terra. Os homens da minha tripulação comem o mesmo que eu. São todos fortes e saudáveis.

Ele revelou a natureza dos pratos que eu não conseguia identificar. Continham os mais estranhos ingredientes: conserva de corais, queijo de leite de baleia, doce de águas-vivas, com açúcar extraído de algas.

– A bordo desta nau, só utilizamos produtos marinhos – prosseguiu o capitão. – As roupas que vestimos são tecidas com fibras de mexilhões. Sua tintura provém de lesmas coloridas do mar Mediterrâneo. Em seu camarote, o senhor encontrará alguns frascos de loção com perfume de plantas marinhas. Sua cama é feita do sargaço mais macio do oceano. Para escrever, usamos barba de baleia como caneta, com a tinta negra produzida pelas lulas.

– Vejo que o senhor gosta mesmo do mar, capitão.

– Muito! O mar é o paraíso da natureza. Aqui estamos longe das guerras, das injustiças e de todas as maldades humanas.

O capitão Nemo calou-se de repente no meio daquele discurso entusiasmado. Durante alguns minutos, andou de um lado para o outro, em silêncio. Depois, acalmou-se e disse:

– Agora, se o senhor quiser visitar o Nautilus, estou sempre às suas ordens.

Então era esse o nome da embarcação: Nautilus. Eu estava ansioso por conhecer melhor aquela máquina formidável. Acompanhei o capitão Nemo pelo corredor até outra sala. Era uma enorme biblioteca, repleta de livros.

– Que maravilha! – exclamei. – Deve haver aqui uns sete ou oito mil volumes.

– Doze mil, professor.

Examinei os títulos dos livros e notei entre eles obras-primas dos mestres antigos e modernos.

– Terá bastante tempo para examinar meus livros, professor – disse-me o capitão. – Por ora, porém, não gostaria de continuar a percorrer o Nautilus?

– Com prazer, capitão.

Deixamos a biblioteca e passamos para uma sala ainda maior. Cerca de trinta quadros ornavam as paredes.

– São pinturas originais, todas de grandes mestres – explicou o capitão Nemo. – Além dos livros, são as melhores lembranças que conservo do mundo terrestre.

No meio da sala havia um chafariz. Um jato de água recaía dentro de uma concha gigantesca.

– Ali está minha coleção científica, professor.

Levou-me até o outro lado da sala, onde havia algumas fileiras de vitrinas. Continham conchas, moluscos, peixes, algas e outros animais e vegetais marinhos.

O capitão convidou-me a continuar a percorrer o submarino. Entramos em outra porta no final do corredor.

– Este salão é o meu verdadeiro gabinete de trabalho – disse Nemo. – Também aqui o senhor e seus companheiros podem entrar quando quiserem.

Mostrou-me um grande mapa-múndi. Explicou-me que, todas as manhãs, o imediato marcava nele a posição do Nautilus. Ao lado havia um painel com mostradores. Forneciam dados sobre a navegação em curso, como profundidade, velocidade, pressão etc.

O capitão conduziu-me em seguida a uma grande vidraça na parede.

– Aprecie agora a nossa paisagem, professor.

Lá fora, o mar era distintamente visível a uma longa distância. Que espetáculo! Consegui distinguir alguns peixes. Era como se estivesse diante de um aquário sem-fim.

Não sei quanto tempo teria permanecido ali se o capitão não me chamasse:

– Vamos sentar, professor. Estou certo de que deseja fazer muitas perguntas.

O Túnel Arábico

Ned e Conselho despertaram-me na manhã seguinte. Queriam saber sobre minha conversa com o capitão. Contei-lhes tudo o que pude lembrar. Depois, percorremos o Nautilus.

Não encontramos o capitão Nemo. Na certa, estaria na cabina de comando. Fomos para o salão. Pelos mostradores, verifiquei que navegávamos para sudeste, a uma profundidade de cem metros.

Ficamos um bom tempo diante das janelas de vidro, a ver os peixes. Vez por outra, passávamos em meio a um cardume. Meus dois amigos voltaram a seus beliches. Permaneci na biblioteca, absorvido na leitura de obras raras sobre o mundo submarino.

Nossa rotina pouco mudou nos dias que se seguiram. Nossa rota ia sendo registrada no grande mapa-múndi. Atravessamos o estreito que separa a Austrália da Nova Guiné e passamos a navegar no oceano Índico.

Em 6 de fevereiro, entramos no mar Vermelho. Procurei o capitão Nemo e indaguei-lhe sobre nosso destino. Ele disse:

– Dentro de dois dias, estaremos no Mediterrâneo.

– No mar Mediterrâneo?! – espantei-me.

– Admira-se, professor?

– Claro – respondi. – Para chegarmos àquele mar, teremos de voltar e contornar toda a África.

– Não voltaremos, professor. Seguiremos em frente.

– Mas, capitão, o mar Vermelho não tem saída. Poderá ter um dia, quando ficar pronto o canal que está sendo construído no istmo de Suez. Por enquanto, só poderemos chegar ao Mediterrâneo se o Nautilus conseguir navegar por cima da terra...

– Ou por baixo, professor – interrompeu-me ele.

– Por baixo?

– Sim. Descobri ali uma passagem subterrânea, que batizei de Túnel Arábico. Passa por baixo de Suez e termina no Mediterrâneo.

Na noite de 11 de fevereiro, avistamos o farol flutuante de Suez. O capitão Nemo procurou-me:

– Senhor Aronnax, daqui a pouco começaremos nossa travessia pelo Túnel Arábico. Dirigirei a manobra pessoalmente. Quer assistir?

– Com prazer, capitão.

Fomos para a ponte de comando. O piloto segurava a roda do leme. Nemo deu-lhe algumas instruções em sua língua misteriosa.

O Nautilus submergiu. À luz do farol, divisei a alta parede de rocha da costa. Navegamos devagar junto a ela. Em certo momento, o capitão tomou o leme. Diante de nós abria-se uma galeria larga e profunda. O submarino entrou por ela e sua velocidade aumentou de repente.

– Estamos sendo carregados por uma forte corrente – explicou-me o capitão. – O mar Vermelho é mais raso do que o Mediterrâneo. O desnível provoca essa corrente perpétua.

Nas paredes da estreita passagem, viam-se apenas riscos de luz, sulcos luminosos traçados pela velocidade sob o brilho do farol. Meu coração batia com força.

As paredes desapareceram. O capitão Nemo devolveu ao piloto a roda do leme e anunciou:

– O Mediterrâneo!

Em apenas vinte minutos, o Nautilus tinha atravessado o túnel sob o istmo de Suez.

O tesouro de Vigo

Ao amanhecer do dia seguinte, subimos à tona. Pelas sete horas, Ned e Conselho vieram ter comigo. Aqueles dois bons companheiros dormiram tranquilamente a noite inteira, sem ideia das proezas do Nautilus. Relatei-lhes nossa incrível travessia pelo Túnel Arábico. A princípio, não acreditaram, mas acabaram por se dar conta de que estávamos mesmo no Mediterrâneo.

Ned Land comentou:

– Isso quer dizer que já estamos bem perto da Europa. É hora de pensarmos em fugir desta gaiola molhada.

Essa oportunidade não surgiu. No Mediterrâneo, o Nautilus navegou sempre submerso, a uma velocidade fantástica. Poucos dias depois, cruzamos o estreito de Gibraltar e entramos no oceano Atlântico.

Voltamos a emergir na manhã de 18 de fevereiro, ao largo da costa da Espanha. Pouco depois do anoitecer, o movimento da hélice diminuiu. Às nove horas, cessou de todo. Eu estava na biblioteca. De repente, senti um leve choque e compreendi que o Nautilus acabava de pousar no fundo do mar.

A porta abriu-se e entrou o capitão Nemo. Sem mesmo cumprimentar, perguntou-me:

– Conhece a história da Espanha, professor?

– Muito mal – respondi, surpreso com a pergunta.

– Nesse caso, sente-se. Vou contar-lhe um curioso episódio dessa história.

Relatou-me um incidente ocorrido em 1702, com uma frota que transportava um carregamento de ouro da América para a Espanha.

– Eram mais de trinta navios, espanhóis e franceses – prosseguiu Nemo. – Dirigiam-se ao porto de Vigo, no sul da Espanha. Já à vista da costa, foram atacados por uma poderosa esquadra de navios ingleses.

Após uma pausa, o capitão continuou:
– Os franceses e os espanhóis resistiram ao ataque com bravura. Ao ver que seriam derrotados, decidiram não permitir que o tesouro caísse nas mãos do inimigo. Incendiaram os galeões de carga e abriram rombos em seu casco. Assim, toda aquela imensa riqueza se perdeu no fundo do mar.
O capitão Nemo calou-se. Confesso que não entendi o interesse da história.
– E daí? – perguntei.
– Acontece, senhor Aronnax, que estamos agora exatamente no fundo da baía de Vigo. Não quer assistir?
O capitão levantou-se e convidou-me a segui-lo até a janela. Apagou a luz da sala e voltou ao meu lado.

— Veja – indicou.

Os faróis iluminavam o fundo do mar. Sobre a areia clara moviam-se alguns homens vestidos com escafandros. Ocupavam-se em esvaziar tonéis meio apodrecidos, caixas arrombadas, no meio dos destroços de um navio de madeira. Dos tonéis e das caixas saíam barras de ouro e prata, cascatas de moedas e joias. Parte desse tesouro espalhava-se pela areia.

Os escafandristas traziam sua preciosa carga para o Nautilus e voltavam para pegar mais.

— O senhor sabia que o mar continha tantas riquezas, professor? – perguntou-me o capitão, sorrindo.

Compreendi tudo. Tratava-se do tesouro da frota afundada em 1702. E era assim que Nemo obtinha sua riqueza.

A Atlântida

Na manhã seguinte, Ned Land procurou-me em meu quarto. Mostrava-se desanimado.

– A Europa ficou para trás, professor – disse ele. – Agora, não sei quando surgirá uma oportunidade de fugir daqui.

O Nautilus seguia sob a superfície. Fui ao salão e examinei nossa posição no mapa. Estávamos no meio do Atlântico, entre a África e a América Central. Ned tinha razão. Ali, não se podia mais pensar em uma fuga.

Navegamos para o sul durante todo o dia. No meio da noite, recebi outra visita. Desta vez, era o capitão Nemo. Perguntou-me:

– Quer acompanhar-me em uma excursão?

– Que excursão?

– O senhor só conhece o fundo do mar à luz do dia. Não deseja vê-lo em noite escura?

Explicou-me que, desta vez, iríamos sozinhos. Teríamos de caminhar bastante e subir uma montanha submarina.

Pouco depois, já metidos nos escafandros, deixávamos o Nautilus. Tomamos pé a uma profundidade de trezentos metros. O farol estava apagado e não levávamos lanternas. As águas estavam escuras, mas o capitão Nemo indicou-me ao longe um ponto avermelhado, um clarão misterioso em pleno fundo do oceano.

Caminhamos naquela direção por um bom tempo. Do fundo de areia, passamos a um piso pedregoso. O clarão aumentava.

Uma hora depois, alcançamos a encosta da montanha. Divisei em volta as silhuetas de árvores secas, petrificadas sob a ação do tempo e do sal marinho. Aqui e ali erguiam-se pinheiros gigantescos.

Chegamos a um planalto, onde novas surpresas me aguardavam. Desenhavam-se à minha frente ruínas de pedras que não deixavam dúvida sobre sua origem: eram construções feitas pela mão do homem.

Intrigado, segurei o braço do capitão Nemo. Esperava que, de alguma forma, me desse uma explicação. Ele limitou-se a apontar para uma elevação à nossa frente e sinalizar para que subíssemos.

Em poucos minutos, estávamos no alto de um pico, que dominava todo o planalto a uma altura de dez metros. À frente elevava-se outra montanha. Do alto dela provinha o clarão avermelhado que tudo iluminava. Era um vulcão submerso, ainda em atividade. Sua cratera emitia torrentes de lava, que se derramavam pelas encostas em cascatas de fogo.

À minha volta descortinavam-se com nitidez as ruínas de uma cidade – casas, templos, colunas, monumentos. Mais além, os restos de um aqueduto gigantesco.

Que cidade seria aquela? Olhei para o capitão Nemo. Dei-lhe a entender que queria uma explicação e, para isso, fiz até menção de retirar o capacete.

Ele sinalizou para que me acalmasse. Pegou uma pedra negra e com ela traçou na rocha esta palavra: "ATLÂNTIDA".

Um clarão atravessou-me a mente. A Atlântida! O continente perdido do qual se falava desde os tempos da antiga Grécia!

Segundo a lenda, havia próximo à Europa um imenso continente que se estendia até perto da América do Norte. Nessa terra habitavam os atlantes, um povo poderoso que chegou a estender seus domínios até o Egito.

Há cerca de dez mil anos, violentos terremotos atingiram a Atlântida. Em um só dia, todo o continente submergiu. Acima das águas restaram apenas seus picos mais altos, que são hoje as ilhas do oceano Atlântico. E ali estava eu, pisando em terra daquele continente fabuloso, com as ruínas de uma civilização perdida bem diante dos meus olhos!

32

O mundo gelado

Continuamos a navegar para o sul, a alguns metros abaixo das ondas do Atlântico. Ultrapassamos o extremo sul da Argentina, e o Nautilus manteve a mesma direção.

Em 14 de março, avistei pedaços de gelo flutuantes. Dois dias depois, apareceram blocos maiores. Cruzamos o círculo polar antártico. A temperatura baixava cada vez mais. Por fim, os campos de gelo bloquearam nossa rota. O Nautilus submergiu e passou a navegar sob o gelo, sempre para o sul.

No fim do segundo dia, a profundidade passou a reduzir-se. As montanhas de gelo acabaram por transformar-se em planície. Por fim, às seis horas da manhã, o Nautilus subiu à superfície. A porta do salão abriu-se e deu passagem ao capitão Nemo.

— Estamos a céu aberto! — anunciou ele.

Subimos ao convés. Era verdade! Estávamos no meio de um grande lago cercado por montanhas de gelo. Mais perto, via-se uma ilha solitária. O capitão Nemo mandou que lançassem a lancha ao mar e embarcou nela com dois de seus homens, além de mim e Conselho.

A ilha tinha uma pequena praia, onde encalhamos. O capitão saltou para a areia. Via-se que estava emocionado. Subiu em um rochedo e ali permaneceu por algum tempo, imóvel, com os braços cruzados. Por fim, anunciou:

– Estamos no polo sul. Eu, capitão Nemo, tomo posse desta parte do globo.

– Em nome de quem, capitão? – perguntei-lhe.

– Em meu próprio nome! – exclamou.

Uma bandeira no polo sul

O Nautilus voltou a mergulhar na manhã seguinte. Avançou para o norte a uma boa velocidade. À noite, navegava abaixo da imensa camada de gelo.

Durante a madrugada, fui despertado por um choque violento. Caí no chão. O Nautilus imobilizou-se. Levantei-me e saí para o corredor, onde encontrei Ned e Conselho.

– Parece que encalhamos de novo – disse Ned.

O piso estava bem inclinado. Com dificuldade, conseguimos chegar ao salão. Nemo estava lá, diante dos mostradores.

– O que houve, capitão? – perguntei-lhe.

– Um acidente. Fomos apanhados por uma montanha de gelo em movimento.

O capitão descreveu-nos a situação. Um gigantesco *iceberg* havia girado sobre seu eixo. É o que ocorre quando parte da massa de gelo se derrete sob o calor do sol.

Ao girar, a parte submersa do gelo colheu o Nautilus e arrastou--o para cima. Por fim, o *iceberg* imobilizou-se em sua nova posição.

O Nautilus endireitou-se, pouco a pouco. O piso retomou o nível horizontal. O capitão aproximou-se da vidraça. Parei ao seu lado. Lá fora, acendeu-se o farol. Vimos então um quadro preocupante. Uma muralha de gelo cercava o Nautilus, por cima, por baixo e pelos dois lados. Estávamos presos entre dois enormes *icebergs*, em um verdadeiro túnel de gelo, cheio de água.

– Teremos de abrir uma passagem no gelo – disse o capitão.

– E como faremos isso? – perguntou Ned.

– Com picaretas – respondeu Nemo.

– Espero que me permita ajudar – disse Ned. – Sou tão bom com a picareta quanto com o arpão.

O capitão concordou:

– Obrigado, senhor Ned. Começaremos já.

Os dois retiraram-se. Eu e Conselho voltamos à vidraça. Ouvimos o ruído da água entrando nos reservatórios. O Nautilus desceu vagarosamente e pousou no fundo de gelo. Dali a pouco, vimos uma dúzia de homens em escafandros. Todos levavam picareta.

Começaram a trabalhar. Os estilhaços de gelo, menos pesados que a água, subiam até a abóbada do túnel. Depois de duas horas de trabalho duro, os doze voltaram para o Nautilus, exaustos. Eu e Conselho nos juntamos à turma que iria substituí-los.

O trabalho prosseguiu sem interrupção. Ao fim de dois dias, uma camada de mais de um metro de espessura separava-nos ainda da massa líquida abaixo de nós. Para perfurá-la, levaríamos mais dois dias, e o ar já estava prestes a acabar.

O capitão Nemo decidiu então tentar perfurar a camada de gelo. Ordenou que esvaziassem os tanques de água. O Nautilus deixou o fundo e flutuou até o teto do túnel. Os motores foram postos em movimento, a toda a força. O esporão da proa apontou para o buraco. Os tanques foram abertos de novo, e o submarino arremeteu contra a barreira de gelo com todo o seu peso.

O gelo estalou com um forte ruído.

– Passamos! – exclamou Conselho.

Apertei-lhe a mão com entusiasmo.

O Nautilus afundava como uma bala. Então religaram-se as bombas para expulsar a água dos tanques. A queda cessou e voltamos a navegar na horizontal.

No entanto, nossa preocupação persistia. Por quanto tempo continuaríamos a navegar por baixo do gelo até o ar livre? Um dia? O ar não duraria tanto.

Passaram-se algumas horas. Estendido em minha cama, senti que me sufocava. Quase não via, nem ouvia. De repente, percebi que o Nautilus inclinava a proa para cima. Subia a toda a velocidade. Depois, seu esporão atacou a superfície gelada e furou-a.

O movimento parou. Abriu-se a escotilha e o ar puro invadiu o submarino.

O ataque dos polvos

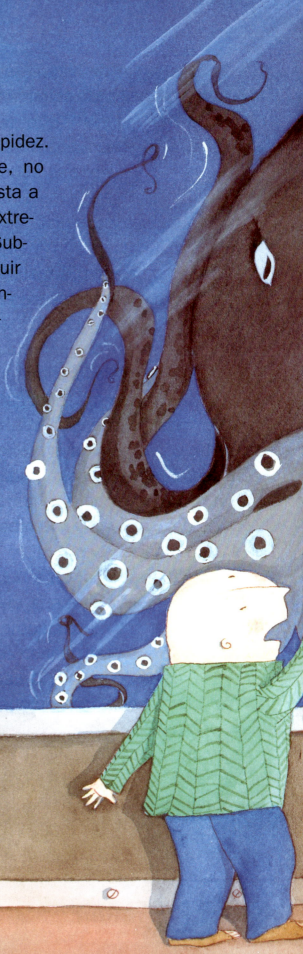

O Nautilus navegava com rapidez. Ultrapassamos o círculo polar e, no dia seguinte, avistamos uma costa a oeste. Era a Terra do Fogo, na extremidade da América do Sul. Submergimos e continuamos a seguir para o norte, pelo oceano Atlântico. No dia 20 de abril, chegamos à altura das Antilhas. Navegávamos a uma profundidade de mil e quinhentos metros. Conselho, Ned e eu observávamos o fundo do mar, pela vidraça do salão. De repente, Ned exclamou:

– Vejam! Que monstro mais horrível!

Olhei para onde ele apontava e assustei-me. Diante de meus olhos agitava-se um polvo de tamanho colossal, nada menos que oito metros de comprimento. Seus oito braços contorciam-se com violência. No centro, destacavam-se da cabeça duas mandíbulas medonhas, que lembravam um gigantesco bico de papagaio.

O Nautilus avançava devagar e o monstro acompanhou-nos.

— Lá estão outros! – gritou Conselho. Mais seis monstros juntaram-se ao primeiro. Vez por outra, um deles investia contra nós. Ouvíamos o estalido de seu bico no casco de metal.

De repente, sentimos um choque. O ruído da hélice cessou. Passou-se um minuto e entrou o capitão Nemo, acompanhado de seu imediato. Não nos cumprimentou. Foi direto até a vidraça e observou os polvos. Disse algumas palavras ao imediato e este saiu.

— Ótima coleção de monstros temos aqui – eu disse ao capitão.

— É verdade – respondeu ele –, e vamos combatê-los corpo a corpo.

— Corpo a corpo? – repeti.

— Sim, professor. A hélice está presa. Parece que um desses polvos se agarrou nela. Não podemos navegar sem livrá-la.

O capitão dirigiu-se à escada da escotilha e nós o seguimos. Ali estavam uns dez homens, armados de machadinhas. Eu e Conselho também pegamos armas iguais. Ned preferiu seu arpão.

O Nautilus atingiu a superfície. Logo que a tranca da escotilha foi levantada, um daqueles longos braços penetrou pela abertura. Com um golpe de machadinha, o capitão Nemo cortou o tentáculo. O monstro retirou-se e saltamos para fora.

Dois outros braços agarraram um marinheiro e o ergueram no ar. O homem gritava em desespero. Nemo lançou-se contra o monstro e cortou-lhe mais um braço. Nesse momento, o animal expeliu um jato de líquido escuro. Ficamos cegos. Quando a nuvem se dissipou, o polvo havia desaparecido no mar e, com ele, o marinheiro que segurava.

Outros polvos gigantes rastejavam sobre o Nautilus. Lancei-me sobre um deles e enterrei-lhe minha machadinha. Os homens distribuíam golpes cortantes entre a profusão de tentáculos, sob ondas de sangue e tinta negra.

A luta durou cerca de quinze minutos. Os monstros, feridos de morte ou mutilados, abandonaram o navio e desapareceram.

Depois de liberarem a hélice, os marujos voltaram para o interior do submarino. O capitão Nemo, tinto de sangue, permaneceu imóvel no passadiço, contemplando o mar que havia engolido um dos seus homens. Algumas lágrimas corriam-lhe pela face.

Combate naval

O Nautilus retomou sua rota para o norte. No dia 10 de maio, passamos ao largo da costa do Canadá. Ned Land animou-se. Ao saber-se próximo de sua terra natal, voltou a falar-me sobre seus planos de fuga. Sugeria que eu, ele e Conselho nos lançássemos ao mar a bordo da pequena lancha salva-vidas que o submarino levava embutida em seu casco.

O tempo, porém, não nos deixou escolha. Uma tempestade abateu-se sobre nós. Relâmpagos rasgavam a atmosfera e enormes vagalhões ameaçavam tragar-nos. O Nautilus submergiu. A partir de então, passamos a navegar para leste.

No primeiro dia de junho, penetramos no canal da Mancha, a meia distância entre as costas da Inglaterra e da França. Por volta das dez da manhã, subimos à tona. Dirigi-me ao salão. O capitão Nemo estava lá, sentado diante dos instrumentos. De repente, ouviu-se uma detonação. Olhei para o capitão, mas ele nem pestanejou.

– Capitão? – eu disse.

Não respondeu. Deixei-o e subi ao convés. Ned e Conselho estavam lá.

– De onde veio esse estampido? – perguntei.

– De um tiro de canhão – respondeu Ned Land.

Olhei para onde ele indicava e espantei-me. A cerca de seis quilômetros, um enorme navio vinha em nossa direção. Gritei:

– Que navio é aquele?

– É um navio de guerra – respondeu Ned. – Um couraçado.

Uma fumaça branca surgiu de súbito na proa do navio. Passados poucos segundos, algo pesado caiu na água, à nossa frente. E logo, outro estampido.

– Estão disparando contra nós! – exclamei.

Outros projéteis caíram à nossa volta. Um deles resvalou no

casco e mergulhou na água mais além. Nesse momento, o capitão Nemo surgiu no convés. Sua fisionomia metia medo.

– Ah! Já sabem quem eu sou, malditos! – bradou ele. – Também sei quem são vocês, mesmo que não mostrem sua bandeira! Pois vou mostrar-lhes a minha!

O capitão desenrolou outra bandeira negra com a letra "N" em dourado, semelhante à que tinha cravado no polo sul. Estendeu-a sobre o casco e voltou-se para nós.

– Desçam, vocês três! – ordenou-nos.

– Vai atacar aquele navio? – perguntei-lhe.

– Vou afundá-lo!

Voltamos para o interior. A hélice foi posta em movimento. O Nautilus afastou-se com rapidez e saiu do alcance dos tiros.

A perseguição continuou. Às quatro da tarde, resolvi voltar ao convés. O capitão ainda estava lá. Andava de um lado para o outro, como uma fera enjaulada. Às vezes, dirigia um olhar de fúria ao couraçado, que nos seguia a uns dez quilômetros de distância.

– De que nação é esse navio? – perguntei-lhe.

– Ah, o senhor não sabe? Pois é melhor que continue sem saber. Ali está o opressor! Foi por causa dele que vi morrer tudo o que amei: pátria, esposa, filhos, pai e mãe! Tudo o que odeio está ali! E o senhor, cale-se!

Desci a escada e saí à procura de Ned e Conselho. Encontrei-os no salão.

– O capitão está louco – disse-lhes. – Vamos tentar fugir na primeira oportunidade.

– Ótimo – concordou Ned Land.

O Nautilus mantinha o rumo e a velocidade. E assim seguimos durante o resto do dia e toda a noite. Por volta das sete horas da manhã, ouvimos um sibilar bem conhecido. A água penetrava nos reservatórios. Passamos a navegar pouco abaixo da linha de flutuação e descrevemos uma curva. A velocidade aumentou. Com as máquinas a toda a força, o casco tremia de forma assustadora.

De repente, um choque. Senti a força penetrante do esporão contra alguma coisa que se rasgava. O Nautilus passava através da massa do navio como uma agulha em um pano.

Corri para o salão. Lá estava o capitão Nemo, diante da vidraça. Lá fora, uma massa enorme afundava nas águas. O Nautilus acompanhava-a, em mergulho.

Vi no casco do navio o rombo aberto pelo Nautilus. O convés estava coberto de sombras negras que se agitavam. Os desgraçados agarravam-se nos mastros, nas cordas, contorciam-se nas águas. De súbito, houve uma explosão. O ar comprimido fez voar o convés. A nau mergulhou mais depressa e desapareceu no fundo do mar.

O rodamoinho da morte

Muitos dias se passaram desde aquela tragédia inesquecível. Certa manhã, não sei em que data, fui despertado por Ned Land, que me dizia em voz baixa:

– Vamos fugir!

Estremeci.

– Quando?

– Hoje à noite. Parece que não há vigilância a bordo.

– Onde estamos?

– Não sei, mas avistei terra a cerca de trinta quilômetros.

– Estou de acordo, Ned. Fugiremos esta noite, mesmo que venhamos a morrer afogados.

O dia demorou a passar. Fiquei só o tempo todo. Ned e Conselho evitaram falar comigo, com medo de se traírem. Ao anoitecer, Ned entrou no meu alojamento.

– Vamos sair às dez horas, professor – disse ele. – Eu e Conselho o aguardaremos na lancha.

Às dez horas, dirigi-me à lancha. Pelo corredor escuro ecoavam os acordes do órgão. Um pensamento repentino aterrorizou-me. Para chegar à lancha, eu tinha de atravessar o salão, e o capitão Nemo estava lá!

Não havia escolha. Abri a porta com cuidado e entrei no salão. Estava escuro, mas divisei o vulto do capitão Nemo sentado junto ao órgão. Ele não me via. Creio que mesmo em plena luz não me teria visto, absorto em seu êxtase.

Arrastei-me com cuidado pelo tapete. Levei uns cinco minutos para chegar à porta dos fundos. Ia abri-la quando a música cessou de repente. Vi que Nemo andava em minha direção, com os braços cruzados. Seu peito palpitava em soluços. E ouvi-o murmurar estas palavras:

– Deus todo-poderoso! Basta! Basta!

Em pânico, corri pelo corredor. Subi a escada central e cheguei ao compartimento da lancha. Meus dois companheiros já estavam lá. Disse-lhes:

– Vamos embora, depressa!

Nesse momento ouviu-se um tumulto. Eram gritos nervosos dos homens, embaixo. Assustei-me. Teriam descoberto nossa fuga?

Uma palavra, vinte vezes repetida, revelou-me a causa daquela agitação.

– *Maelstrom*! *Maelstrom*! – gritavam os marujos.

Esse é um dos nomes mais temidos pelos homens do mar. Trata-se de um fenômeno catastrófico que ocorre ao largo da costa da Noruega. Na época dos grandes fluxos da maré, as águas apertadas entre duas ilhas se precipitam violentamente. Forma-se ali um gigantesco rodamoinho, chamado de "umbigo do oceano". O poder de atração desse sorvedouro se estende a seis quilômetros. Ali, tudo é aspirado para o fundo do mar.

O Nautilus fora conduzido para lá pelo capitão Nemo, talvez de propósito. Agora, descrevia uma espiral a uma velocidade vertiginosa, na orla do precipício.

De repente, ouviu-se um forte estalo. A lancha desprendeu-se do seu alvéolo no Nautilus e foi atirada ao ar, como uma pedra lançada por uma atiradeira. Bati com a cabeça em um ferro e perdi os sentidos.

Conclusão

Até hoje, não sei bem o que se passou: como a lancha escapou do rodamoinho, como conseguimos sair com vida. Sei apenas que, quando recobrei os sentidos, estava estendido na cama de um pescador. Ned Land e Conselho achavam-se perto de mim e apertavam-me as mãos. Abraçamo-nos com emoção.

Estamos ainda em uma aldeia de pescadores na costa da Noruega. Aguardamos a passagem de um navio que nos levará de volta à França. Aqui, em meio a essa boa gente que nos acolheu, reli os relatos que escrevi a bordo do Nautilus. Estão corretos. É a narrativa fiel de nossas aventuras.

O que foi feito do Nautilus? Terá resistido ao rodamoinho? Será que o capitão Nemo ainda vive?

Espero que sim, que seu poderoso aparelho tenha vencido o mais terrível abismo do mar. E, se Nemo ainda habita o oceano, desejo que o ódio desapareça de seu coração, que a contemplação de tantas maravilhas tranquilize seu espírito vingativo. E que, com toda a sua sabedoria e determinação, prossiga na exploração pacífica dos mares.

Quem foi Júlio Verne?

Júlio Verne nasceu em Nantes, na França, em 1828. Estudou direito, mas nunca exerceu a profissão. Desde muito jovem, manifestou inclinação para a carreira literária.

Trabalhou com Alexandre Dumas e escreveu diversas peças teatrais. Alguns anos mais tarde, começou a escrever romances. Seu primeiro livro foi *Cinco semanas em um balão*, publicado em 1863. Dentre suas obras mais conhecidas estão *Vinte mil léguas submarinas* (1870), *A volta ao mundo em oitenta dias* (1873) e *Viagem ao centro da Terra* (1864).

Verne interessava-se profundamente pelos avanços da ciência de sua época. É considerado o pai da ficção científica e previu a chegada do homem à Lua, em seu livro *Da Terra à Lua* (1865), além de muitas invenções do século XX, entre elas o helicóptero e o submarino.

Morreu na cidade francesa de Amiens, em 1905.

Quem é Edson Rocha Braga?

Edson Rocha Braga nasceu em 1938, na cidade capixaba de Cachoeiro de Itapemirim, mas considera-se também carioca, pois vive há muito tempo no Rio de Janeiro.

Desde criança, ler era uma das atividades de que mais gostava, fato que o levou a tornar-se escritor. Começou sua carreira como repórter de jornal, passando depois a redator e editor. Redigiu também anúncios, comerciais de tevê e letras de *jingles* para agências de publicidade. Criou textos para programas televisivos e publicações humorísticas, como *O Pasquim*, além de traduzir livros do inglês, francês e espanhol.

Em parceria com seu tio – o cronista Rubem Braga, já falecido –, Edson é autor da adaptação do livro que inaugurou a série Reencontro Infantil: *Os Lusíadas*, de Luís de Camões. Mais tarde, adaptou, para a mesma série, *Ali-Babá e os quarenta ladrões*, *Simbá, o marujo* e *Aladim e a lâmpada maravilhosa*.

Vinte mil léguas submarinas

Júlio Verne

adaptação de Edson Rocha Braga
ilustrações de Elisabeth Teixeira

A bordo do navio Abraham-Lincoln, o professor Aronnax partiu em expedição de caça a uma estranha criatura dos mares. Depois de vários confrontos, gigantescos jatos de água atingiram a embarcação e varreram o convés. O professor foi atirado ao mar. Seu criado Conselho pulou atrás dele, seguido pelo arpoador Ned Land. Os três acabaram capturados pelo submarino Nautilus, do capitão Nemo, onde viveram aventuras fantásticas e inesquecíveis.

Este encarte faz parte do livro. Não pode ser vendido separadamente.

editora scipione

As personagens

Relacione as colunas para identificar as principais personagens de *Vinte mil léguas submarinas*.

(a) Capitão Nemo ( ) Arpoador de baleias nascido no Canadá.

(b) Comandante Farragut ( ) Criado do professor Aronnax, a quem era muito dedicado.

(c) Conselho ( ) Oficial do navio Abraham-Lincoln.

(d) Ned Land ( ) Professor de história natural, escrevia artigos para jornais.

(e) Pierre Aronnax ( ) Proprietário do submarino Nautilus, evitava a convivência com as pessoas.

Nos lugares da história

Ao descrever a rota do navio Abraham-Lincoln e do submarino Nautilus, o professor Aronnax citou vários lugares por onde as embarcações passaram. Preencha as linhas do planisfério das páginas a seguir com os nomes correspondentes. Consulte um atlas e peça ajuda ao professor de geografia.

oceanos
Oceano Atlântico
Oceano Índico
Oceano Pacífico

mares
Mar da China Meridional
Mar da China Oriental
Mar Mediterrâneo
Mar Vermelho

continentes
África
América Central
América do Sul
Europa

ilhas
Antilhas
Nova Guiné
Terra do Fogo

acidentes geográficos
Cabo Horn
Estreito de Gibraltar
Istmo de Suez

portos
Nova York
Vigo

países			
Argentina	Austrália	Canadá	Espanha
Estados Unidos	França	Inglaterra	Noruega

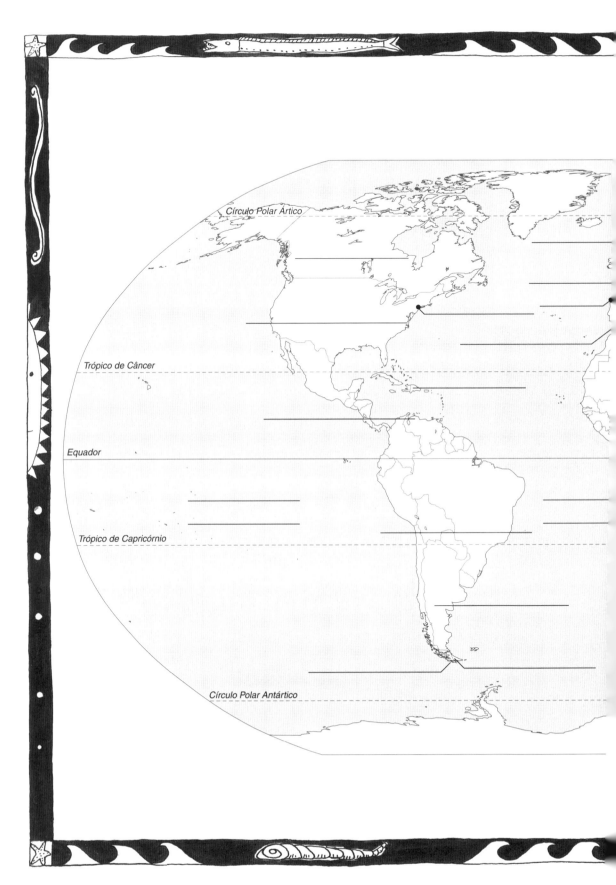

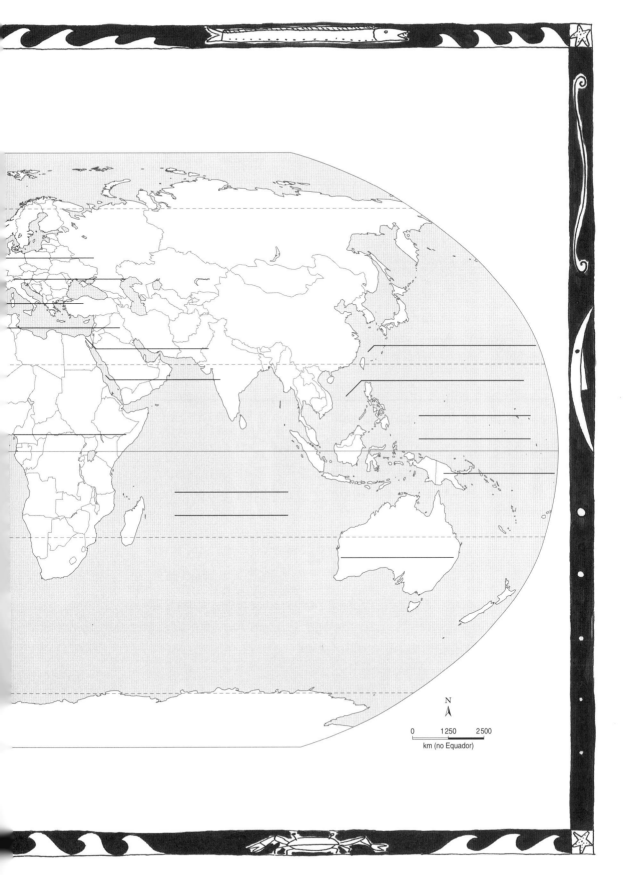

Os fatos da história

1 Numere os fatos abaixo para indicar corretamente a ordem cronológica das aventuras vividas pelo professor Aronnax e companheiros.

(   ) O Nautilus é atacado por polvos gigantescos, de oito metros de comprimento.

(   ) A Marinha dos Estados Unidos convida o professor Aronnax a acompanhar a expedição do navio Abraham-Lincoln.

(   ) Nemo apresenta-se ao professor Aronnax e aos seus companheiros do Abraham-Lincoln.

(   ) Após cruzar o Atlântico Sul, o Abraham-Lincoln contorna o cabo Horn, na América do Sul, e chega ao oceano Pacífico.

(   ) O capitão Nemo toma posse do polo sul.

(   ) Em 1866, os noticiários dos jornais falam de um animal ou objeto gigantesco, que navega sob a superfície dos mares e, à noite, desprende uma luz muito forte.

(   ) Homens a serviço do capitão Nemo resgatam o tesouro da armada formada por galeões espanhóis e franceses, que naufragaram em 1702.

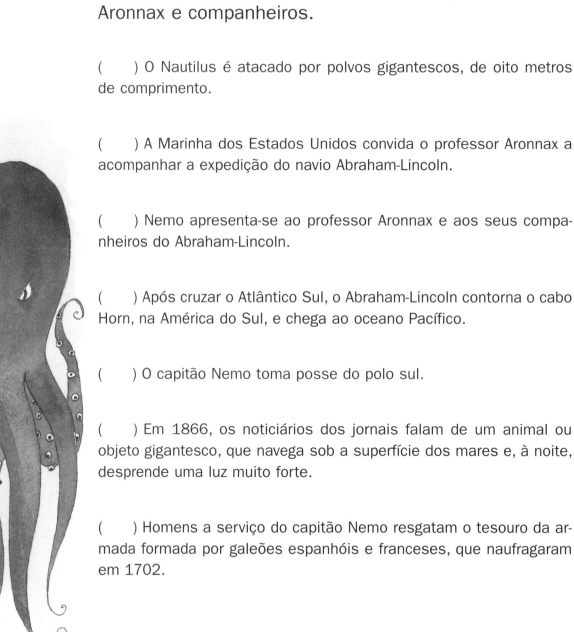

(   ) O Abraham-Lincoln ataca, durante um dia inteiro, um corpo comprido e escuro que emergiu do mar. Este, por sua vez, contra-ataca o navio.

(   ) O capitão Nemo e o professor Aronnax, vestindo escafandros, pisam o solo de Atlântida, o continente perdido.

(   ) O Nautilus atravessa o Túnel Arábico, que interliga os mares Vermelho e Mediterrâneo.

(   ) O professor Aronnax, Ned Land e Conselho fogem do Nautilus, abrigando-se na costa norueguesa.

(   ) Os sobreviventes do naufrágio do Abraham-Lincoln são feitos prisioneiros pelos tripulantes do submarino Nautilus.

(   ) Um couraçado é afundado pelo Nautilus, no canal da Mancha.

(   ) Um *iceberg* atrapalha a viagem do Nautilus.

(   ) O professor Aronnax fica fascinado com a biblioteca do capitão Nemo.

Conduza o professor Aronnax de sua chegada ao submarino Nautilus até libertar-se do capitão Nemo. Mas, lembre-se: ele deve passar pelos acontecimentos na mesma ordem do livro.

3 Responda as perguntas para relembrar episódios importantes das aventuras do professor Aronnax.

a) Pierre Aronnax escreveu um artigo para um conceituado jornal nova-iorquino, dando sua opinião sobre a misteriosa criatura dos mares. Qual era a teoria do professor?

_____

_____

_____

_____

_____

b) O que levou a Marinha dos Estados Unidos a empreender uma caçada ao suposto monstro dos mares?

_____

_____

_____

_____

c) Por que o capitão Nemo fez o professor Aronnax, Ned Land e Conselho prisioneiros do Nautilus?

_____

_____

_____

_____

_____

d) Como o capitão Nemo obtinha a sua riqueza?

_____

_____

_____

_____

e) De que forma o professor e seus companheiros conseguiram escapar do Nautilus?

_____

_____

_____

Um pouco de história

Vinte mil léguas submarinas foi publicado pela primeira vez em 1870 (século XIX). Nele é mencionada a construção do canal de Suez, que somente a partir de 1956 permitiria a passagem de grandes navios petroleiros. Pesquise em enciclopédias ou na Internet e também em um atlas para assinalar com V as afirmações verdadeiras e com F as falsas.

(   ) A África e a Europa são separadas pelo canal de Suez.

(   ) Por causa dos conflitos entre os países árabes e Israel, o canal permaneceu fechado de 1967 a 1975.

(   ) O canal localiza-se no Egito.

(   ) Os mares Vermelho e Negro são interligados pelo canal.

(   ) Quando o canal foi nacionalizado pelo Egito, houve um conflito envolvendo o Reino Unido, a França e Israel.

Um pouco de ciências

 Relacione as colunas e amplie seus conhecimentos sobre os animais marinhos citados no livro. Não deixe de consultar um dicionário.

(a) baleia ( ) Molusco de conchas ovaladas e escuras, geralmente comestível.

(b) foca ( ) Animal celenterado que vive a pouca profundidade nos mares quentes e é responsável pela formação de recifes e atóis.

(c) coral ( ) Molusco de oito braços providos de ventosas.

(d) mexilhão ( ) Carnívoro de pelagem curta e aveludada, encontrado principalmente nos litorais mais frios.

(e) polvo ( ) Mamífero da ordem dos cetáceos, é o maior animal hoje existente.

Um pouco de língua portuguesa

 Complete o quadro com os adjetivos pátrios dos lugares citados no livro.

país	adjetivo	
	masculino	feminino
Argentina		
Austrália		
Canadá		
Espanha		
Estados Unidos		
França		
Inglaterra		
Noruega		

13

2 Substantivo coletivo é a palavra que, mesmo no singular, designa um grupo ou um conjunto de seres da mesma espécie. Complete a coluna da direita com o coletivo correspondente.

conjunto de	coletivo
materiais de guerra	
livros catalogados	
peixes	
navios de guerra	
navios ou veículos em geral	
pessoas em geral	
riquezas de qualquer tipo	
marinheiros ou aeroviários	
trabalhadores ou estudantes	

Vamos transformar duas frases em uma só? Para isso, siga o modelo e use os pronomes **que** e **onde**, conforme o caso.

> O professor e seus companheiros foram parar na costa da Noruega. Os pescadores os encontraram lá.
>
> *O professor e seus companheiros foram parar na costa da Noruega, **onde** os pescadores os encontraram.*

a) Pergunte ao professor Aronnax. Ele é cientista.

b) O navio chegou aos mares da China. O monstro foi avistado pela primeira vez nesse lugar.

c) Os escafandristas desceram ao fundo do mar. Ali eles viram um magnífico tesouro.

d) Os mares foram invadidos por um ser misterioso. Ele parecia gigantesco.

Todos a bordo!

Identifique as partes do navio preenchendo as linhas da figura a seguir. Use as palavras do quadro. Se necessário, consulte uma enciclopédia.

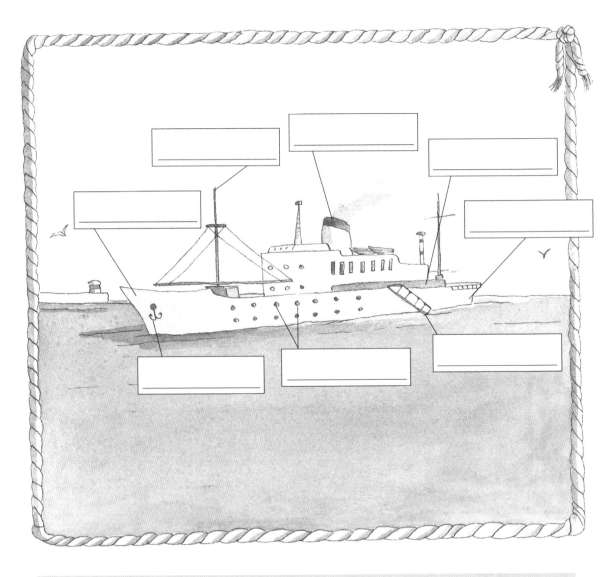

| âncora | chaminé | convés | escada de embarque |
| escotilha | mastro | popa | proa |